Marten Zabel

Jon Danger und die Nubischen Pyramiden

Jon Danger, Band 3

Marten Zabel

Jon Danger und die Nubischen Pyramiden

Abenteuerroman

Bibliografische Information der Deutschen Nationalbibliothek: Die Deutsche Nationalbibliothek verzeichnet diese Publikation in der Deutschen Nationalbibliografie; detaillierte bibliografische Daten sind im Internet über http://dnb.dnb.de abrufbar.

Weitere Informationen unter jondanger.com

Verlag: BoD · Books on Demand GmbH, In de Tarpen 42, 22848 Norderstedt

Druck: Libri Plureos GmbH, Friedensallee 273, 22763 Hamburg

ISBN: 978-3-7693-1054-2

Der Regen endete nicht – und würde es vermutlich auf Wochen nicht tun. Doktor Jonathan Daniel Danger saß unter einem Baum und massierte die Waden seiner Kollegin und guten Freundin Doktor Ashleigh Hanworth. Der Mönch Ermias saß ein wenig entfernt unter seinem eigenen Baum und schaute der Sache missbilligend zu. Ein Stück entfernt kauerten die drei angeheuerten Führer und Träger: Abal sowie die beiden Brüder Selam und Semere hatten das Boot an einen Baum gelehnt, um darunter Schutz zu suchen.

Die Regenzeit war gnadenlos. Jeden Tag fing es ab Mittag an, in Strömen zu schütten, als ob die Welt untergehen würde. Aber das war gut so: Noch einen Tag, dann sollten sie auf fließendes Wasser stoßen, das sie tragen konnte – bis hinunter zur Einmündung in den Nil bei Atbara. Der durch die Regenzeit angeschwollene Fluss konnte sie innerhalb von zwei Wochen die 500 Meilen durch Busch und Wüste bringen. Dort in Britisch-Sudan gab es eine Eisenbahnlinie, die bis nach Kairo reichte, ihrem Ziel.

Ermias, ein Abessinier um die 40, hatte Jon und Leigh erst mit Misstrauen aufgenommen, dann aber ihre Warnungen erhört. Leighs Amulett und die Linse, die der Antiquitätenhändler Abdi Jon gegeben hatte, hatten ihn überzeugt. Geheimnisvolle Leute mit einem Luftschiff hatten es auf Ermias abgesehen, also war der Mönch aus seinem Kloster fortgegangen, um mit den beiden Fremden die Reise nach Norden anzutreten. Er wollte, so hatte er ihnen auf Latein erklärt, in ein anderes Kloster einer Bruderschaft irgendwo in der Wüste bei Meroe ziehen. Von dort, so der Schwarzhändler, kam auch seine Ware, die er an Mr. Abdi weitergeleitet hatte.

Glücklicherweise verfügte Ermias über einen geheimen Vorrat von Geld, das er mit seinen schmutzigen Geschäften verdient hatte. Davon hatte das Trio drei Träger angeheuert, ein Boot gekauft und sich mit Proviant und Ausrüstung eingedeckt. Es waren nur wenige Tagesmärsche bis zu der Gegend, in welcher der Fluss Atabara in der Regenzeit seinen Ursprung hatte.

Jon wurde durch einen Schrei aus seinen Gedanken gerissen, spitz und gellend, über das Rauschen des Regens dennoch kaum zu hören. Er blickte auf. Semere, der jüngste ihrer Träger, fehlte. Auch dessen Bruder Selam hatte den Schrei gehört und war aufgesprungen. Er lief in die Richtung, aus der das Geräusch gekommen sein musste. Jon sprang ebenfalls auf, warf Leigh dabei fast um, und lief dem Träger dann hinterher. „Passt auf unsere Sachen auf!", rief er noch.

Nach zwei Schritten war Jon vollkommen durchnässt. Der Regen rann ihm über den Hut aus Känguruhleder und drückte die Krempe herunter wie ein Gewicht. Seine Schritte patschten in hinter Selam her durch den schlammigen Boden. Dann erreichte er den Mann, der am Rande einer Lichtung stand und versuchte, durch den Regen eine Spur seines Bruders zu erkennen.

Die Lichtung war im Regen schwer auszumachen, aber sie schien um einen dicken Affenbrotbaum herum zu bestehen. Kreisförmig wuchsen in einem Abstand von etwa fünfzehn Schritt keine anderen Bäume, nur Gräser und ein wenig Strauchwerk. Dann sahen Jon und Selam gleichzeitig, dass etwas am Fuß des Baumes lag, ein Bündel. Selam rief Semeres Namen und lief los, nur um plötzlich von den Füßen gerissen zu werden.

Der Abessinier war auf eine Ranke oder Wurzel getreten, die am Boden lag. Hinter ihm schlug diese in die Höhe, sie war tatsächlich der Stängel eines langen, fast einen Meter breiten Blattes, das am Boden lag und sich mit unglaublicher Schnellkraft einrollte. Blatt und Ranke schlugen über den Man hinweg, warfen ihn um und rollten ihn dann über den Boden, immer weiter eingewickelt, bis an den Baum heran.

Jon setzte sich in Bewegung, um dem Mann zu Hilfe zu eilen, trat auf ein weiter rechts liegendes Blatt. Das schnellte ebenfalls hoch. Er warf sich nach links und wurde von dem Blatt nur umgerissen, als es sich leer aufrollte und zum Fuß des vermeintlichen Affenbrotbaums peitschte. Jon rappelte sich im strömenden Regen auf die Beine und realisierte, dass die gesamte Lichtung mit den Sternenförmig vom Fuß des Baums ausgehenden Blattranken ausgelegt war. Und, dass sein rechtes Hosenbein zerrissen war.

Da nun drei der langen Blattranken eingerollt waren, war eine Lücke in dem Teppich entstanden, die im Regen schnell zu Schlamm wurde. Jon humpelte die letzten Meter zu den beiden Bündeln, die der Baum zu sich herangezerrt hatte. Er zückte die Machete.

Beide Männer waren von mehreren Schichten armdicker Ranke mit Blattwerk darum eingewickelt. Mit Schrecken erkannte Jon, dass aus dem Fuß des Baums unterarmlange Dornen ragten, von denen einige die Bündel aufgespießt hatten. Aber das frische Blattbündel mit Selam darin regte sich noch.

Jon versuchte, den Mann auszurollen aber die Spannung im Blattwerk war zu groß. Er hackte zunächst die näher gelegenen Dornen vom Rund des mehrere Meter dicken

Baumstamms. Dann fand er den Ansatz des Rankenstiels, direkt am Boden zwischen einigen Tierknochen und einem halb verrotteten Antilopenschädel. Jon hackte mehrere Male auf den Stängel ein, bis das Blatt gelöst war.

Auf Oberseite hatten die Fangblätter des fleischfressenden Baums kleine Dornen, die es der Beute unmöglich machten, aus der Umwickelung zu entkommen. Jon schnitt zunächst vorsichtig Selams Gesicht frei. Der Mann sah ihn aus angstgeweiteten Augen an. „Ganz ruhig. Kannst du mir sagen, wo du verletzt bist?" Jons Amharisch war in den letzten Wochen deutlich besser geworden.

Selam schüttelte zitternd den Kopf. Jon begann gerade, ihn Schicht um Schicht aus dem eingerollten Riesenblatt freizuschneiden, da sagte der Träger: „Mein Bruder..."

Jon unterbrach seine Arbeit sofort, ging die beiden Schritte zu dem anderen Blattbündel hinüber. Der Regen mischte sich darunter mit Blut, das aus den Löchern hervorquoll, wo das Bündel von den riesigen Dornen aufgespießt worden war. Jon ging auf Nummer Sicher und schnitt das Gesicht Semeres frei. Der Junge starrte entsetzt ins Leere – und war tot. Jon schloss der Leiche die Augen und ging zurück zu Selam.

Dieser hatte nur überlebt, realisierte Jon jetzt, weil das Bündel mit seinem toten Bruder darin verhindert hatte, dass sich das Blatt ganz zum Baum hatte zurückrollen können. „Wir können deinem Bruder nicht mehr helfen, es tut mir leid." Selam blieb ruhig, aber ob sich der Regen auf seinem Gesicht mit Tränen mischte, konnte Jon nicht sehen.

Schicht um Schicht schnitt Jon das Blattwerk ab. Vorsichtig musste er die innere Blattschicht mit der scharfen Machete von ihrem Stängel trennen und dann in Streifen abziehen. Das Blatt war zäh wie dünnes Leder und die Stacheln darauf erinnerten an diejenigen von Brombeerranken. Auf Selams Haut waren unzählige kleine Wunden und seine Kleider waren zerrissen. Jon sägte gerade an der zentralen Ranke, um den verletzten Mann endgültig aus der Umklammerung der Pflanze zu befreien, da nahm er im Augenwinkel eine Bewegung wahr.

Doktor Ashleigh Hanworth hatte lange genug gewartet. Sie war Jon und Selam gefolgt und hatte eine Lichtung entdeckt. Durch den Regen erblickte sie Jon, den sie nur an seinem Hut erkannte. Dieser hockte unter einem Affenbrotbaum und sägte mit seiner Machete an etwas herum, das auf dem Boden lag. Sie tat einen Schritt auf die Lichtung. Plötzlich wellte sich der Boden unter ihr und riss sie in die Höhe.

Jon sah, dass Leigh auf eines der übrigen Blätter treten würde, rief noch eine Warnung, doch es war zu spät. Die Ranke, die vom Baum bis zum Rand der Lichtung auslag und von ledrigem Blattmaterial gesäumt war, löste die Spannung, unter der sie stand. Sie rollte sich ein, riss Leigh mit sich. Jon reagierte, indem er einen Satz auf den Baum zu machte, gleichzeitig die Machete mit beiden Händen ergriff und mit aller Kraft und einem gepressten Schrei der Anstrengung niedersausen ließ. Die Klinge durchschnitt den Blattstängel nicht ganz, wohl aber genug, als dass dieser unter seiner eigenen Spannung riss, als Leigh erst den halben Weg über die Lichtung gerollt worden war. Der hintere Teil des Blattes schnellte nun ebenfalls hoch, peitschte Jon am Gesicht entlang und rollte sich dann Leigh entgegen.

Leigh blieb eingewickelt und gefesselt drei Schritte vor Jon und dem Baumstamm liegen. Das Blatt hatte sie vornehmlich um Hüften und Beine erwischt, ihr Oberkörper lag zerschunden außerhalb der Rolle.

„Warte Leigh, ich bin gleich bei dir", rief Jon. Bevor er allerdings zu ihr ging, hackte er noch mit mehreren Schlägen die Ranken links und rechts von derjenigen ab, die Leigh erwischt hatte. Die Blätter rollten sich sofort ein – gekappt nun vom Baum weg. Sie kamen als grüne Rollen am Rand der Lichtung zum Liegen. Dann war Jon mit drei großen Schritten bei Leigh. „Leigh, bist du in Ordnung? Ist etwas gebrochen?"

„Ich glaube nicht. Was war das, Jon?" Trotz der Verletzungen musste Leigh rufen, um über den Regen gehört zu werden.

„Ich glaube, wir haben einen menschenfressenden Baum entdeckt. Semere ist tot. Selam lebt, aber er hat einiges abbekommen."

Das hatte Ashleigh Hanworth auch. Allerdings waren es bei ihr hauptsächlich Kratzer und Prellungen dort, wo das Blatt ihren freien Oberkörper mit Gewalt über den Boden gerollt hatte. Ihre Khakihosen hatten einen großen Teil der kleinen Stacheln am Blatt von ihrer Haut ferngehalten. Jon schnitt sie frei, befreite dann auch endlich den noch immer verstört wirkenden Selam von den Resten der Ranke.

Sie blickten den Baum an. Sechs oder sieben Menschen hätten sich an den Händen fassen müssen, wollten sie ihn umarmen – was in Anbetracht von Dornen und Fangblättern keine gute Idee gewesen wäre. Der Baum war für seine Dicke nicht sonderlich hoch, vielleicht acht Meter. Oben hatte er eine kleine Krone, ganz wie ein normaler Affenbrotbaum. Er trug sogar Früchte, von denen einige bis kurz über dem Boden herunterhingen, vielleicht, um Beute anzulocken. Jon schlug eine davon ab und fing sie mit der Linken. Die Frucht erinnerte tatsächlich an Affenbrotbaumfrüchte.

„Wir müssen den Baum töten", meldete sich Selam zu Wort. „Und meinen Bruder begraben. Das Ding darf ihn nicht behalten."

„Wir können ihn zu dieser Jahreszeit nicht in Brand stecken", sagte Jon. „Wir werden die restlichen Blätter abhacken. Leigh, kannst du laufen?"

„Klar, sind nur ein paar Kratzer."

„Ich würde sagten, du holst die anderen. Selam, ruh dich aus. Ich hacke inzwischen die restlichen Fangblätter ab, dann kann der Baum zumindest in nächster Zeit niemanden fressen. Und dann", Jon blickte Selam an, „dann beerdigen wir deinen Bruder."

Es war eine klägliche Bestattungszeremonie in strömendem Regen, aber mit Ermias hatte die kleine Gruppe immerhin einen Geistlichen zur Hand. Unter einem Baum einige hundert Meter von dem nun verstümmelten Menschenfresser entfernt hatten sie ein Loch ausgehoben und Semeres Leichnam dort bestattet. Ermias hatte ein Gebet gesprochen, Selam ebenfalls. Der konnte am nächsten Tag immerhin wieder laufen, hatte aber am ganzen Körper Ausschlag von den Einstichen des Baums bekommen. Leigh und Jon hatten beide mehr Glück gehabt und kamen ohne schwerere Blessuren davon.

Eine Entscheidung musste her. Selam war in keinem Zustand, weiter als Träger zu fungieren. Alleine zurücklassen konnten sie ihn nicht. Abal sollte mit ihm nach Hause wandern. Die beiden kündigten an, in der Trockenzeit mit Helfern wiederzukommen, um den Baum in Brand zu stecken. Jon, der die kastaniengroßen Samen aus der Frucht eingesteckt hatte, sagte nichts dazu. Wenn die einheimischen ihren Wald sicherer machen wollten, würde er es ihnen schwerlich verbieten können.

Nun mussten Leigh, Ermias und Jon das Boot und alle nötige Ausrüstung zu dritt weitertragen. Sie gingen in Etappen vor. Erst das Gepäck fünf Kilometer weit durch den Busch tragen, dabei den Weg markieren. Dann zurück, das Boot aufnehmen und, Stück für Stück, nie mehr als ein paar hundert Schritte weit, durch den Busch tragen. Bis zum Gepäck. Wenn es gut lief, konnten sie das maximal drei Mal am Tag machen – dem Mönch Ermias gingen die Kräfte aus und Leigh ebenfalls. Jon hätte eine weitere Tour geschafft, war dem schweren Boot aber alleine nicht gewachsen.

So dauerte es letztlich drei Tage, bis der Rinnsal neben ihnen zu einem Fluss anwuchs, der für sie schiffbar wäre. Völlig entkräftet banden sie das Boot an einen Baum und fingen an, es zu beladen. Es war Mittag, sie konnten den Rest des Tageslichts noch nutzen, um wertvolle Meilen gutzumachen.

Sie hatten das Boot großteils mit Planen abgedeckt, damit der Regen es nicht allzu schnell versenken würde. Jon saß im Heck mit einem Paddel und steuerte um umgestürzte Bäume, gelegentliche Felsen und Stromschnellen herum. Ein Blick unter die Plane sagte ihm, dass seine beiden Reisegefährten nach der Knochenarbeit der letzten Tage auf Ausrüstung und Vorräten einfach eingeschlafen waren. Jon selbst hielt sich wach und musste das Boot aufmerksam lenken. Ein Leck könnten sie hier kaum reparieren – und ohne Boot wären sie auf hunderte Kilometer in der Wildnis gestrandet.

Der Himmel war grau und der Fluss hatte sich über tausende von Regenzeiten einen Weg durch das Buschland gebahnt, der von kräftigeren Bäumen flankiert wurde. Schlammige Ufer erhoben sich mehrere Meter, immer wieder schrammte das Boot an Untiefen über Sandbänke. Die Strömung wurde immer stärker, gefüttert vom unnachgiebigen Regen, der auf die Landschaft niederprasselte. Das, so wusste Jon, würde allerdings bald aufhören. Der Fluss würde sie durch eine Wüste tragen.

Von einem saisonalen Abfluss wurde der Atabara immer mehr zu einem richtigen Fluss. Am ersten Abend zogen die drei Reisenden das Boot ans Ufer, ein ganzes Stück den Hang hinauf und vertäuten es an einem Baum. In diesem beschlossen sie auch zu schlafen, um sich im Zweifel vor Krokodilen zu schützen. Jon hatte noch keine gesehen aber das bedeutete bei diesen Tieren wenig – erst recht, wenn das Wasser konstant vom Regen unruhig gehalten wurde.

Der erste Morgen am Fluss ließ vergessen, dass es zuvor stark geregnet hatte. Die Luft war trocken, auch wenn das Buschland um sie herum in satten Grüntönen an das lebensspendende Nass erinnerte. Leigh, Ermias und Jon machten das Boot nach einem kargen Frühstück erneut fahrbereit und schoben es zurück auf den Fluss.

Fünf Tage ging die Sache gut. Sie gewöhnten sich an die Routine, bei Tage der Strömung zu folgen, abwechselnd auf dem Boot zu schlafen und bei Nacht auf einem Baum Schutz zu suchen, wenn es möglich war. Sonst wechselten sie sich als Wachen ab. Ab dem dritten Tag konnten sie sogar Feuer machen, da das Klima mit jeder Flussmeile nach Norden immer trockener wurde. Dann stießen sie auf ein anderes Boot.

Ermias, der gerade am Ruder stand, sah es als Erster. „Danger! Hanworth!", rief der Mönch. Jon und Leigh schreckten aus ihrem Halbschlaf hoch und blinzelten in der hellen Äquatorsonne. „Jemand kommt uns entgegen", vermeldete Ermias. Jon setzte seinen Hut auf den Kopf, den er Momente zuvor als Sonnenschutz auf sein Gesicht gelegt hatte. Als sich seine Augen an die Helligkeit gewöhnt hatten, sah er es auch: Eine Dampfwolke stieg hinter der nächsten Flussbiegung auf. Dampfschiffe waren auf diesem Teil des Flusses extrem unwahrscheinlich – es gab hier keine Häfen oder Siedlungen. Wer auch immer es war, er hatte ein moderneres Fortbewegungsmittel als das Trio auf seinem einfachen Paddelboot.

Dann kam es in Sicht: Ein kleines, dampfbetriebenes Flussboot, vielleicht vierzig Fuß lang und zehn breit. Es hatte eine Flagge gehisst. Jon erkannte das Symbol. Leigh, ihrem erschreckten Seufzer nach zu urteilen ebenfalls. Nur Ermias wusste noch nicht, was ihnen drohen mochte. Es war die seltsame Mischung aus Zahnrad, Kreuz und abgerundetem Davidstern, die auch auf der Flanke des Zeppelins geprangt hatte. Jon wusste nicht wie, aber eines war klar: Die Ritter des Goldenen Zirkels hatten sie gefunden.

Doktor Jonathan Daniel Danger saß an Händen und Füßen gefesselt im Bug des kleinen Flussdampfers. Neben ihm saßen, ebenfalls gefesselt, Doktor Ashleigh Hanworth und Bruder Ermias. Das Boot der Gruppe hatten die Buren einfach versenkt. Es waren sieben Mann an Bord des Dampfers – fünf der südafrikanischen Milizionäre sowie die eigentliche Besatzung der *Marie Justine*: Captain Jean-Pierre Baudelet, ein Franzose, sowie ein schwarzer Junge namens Cham, der als Heizer diente. Baudelet war an das Steuerrad seines eigenen Dampfers gefesselt. Cham sah aus, als hätte er in den letzten Tagen eine Menge Schläge einstecken müssen.

Die fünf Mann, die ihre nun ebenso große Zahl an Gefangenen bewachten, waren aus dem gleichen Holz geschnitzt, wie ihre Kameraden, mit denen Jon und Leigh es schon in Dschibuti zu tun gehabt hatten: Üble Typen in khakifarbenen Uniformen mit breitkrempigen Hüten. Sie trugen Messer, Pistolen und Gewehre. Schlecht rasiert, mit kalten, mitleidlosen Augen. Sie hatten das kleine Ruderboot aufgebracht und eine Gegenwehr war sinnlos gewesen: Krokodile im Wasser, Gewehre auf sie gerichtet, hatten die drei Reisenden sich ergeben müssen.

Nun waren sie Gefangene und fuhren in die falsche Richtung: Zurück gen Süden. Ewig würde das Boot nicht in diese Richtung kommen – der Fluss würde flacher und flacher werden und schließlich für die *Marie Justine* nicht mehr schiffbar sein. Soweit Jon mitbekommen hatte, wollten die Kerle sich mit jemandem Treffen, den sie Nibelung nannten. Was dann mit dem Boot und seiner Besatzung geschehen mochte, konnte sich Jon denken – keiner der fünf Männer wirkte, als ob er ein Gewissen hätte.

Der Anführer war ein blonder Mann mit mehrfach gebrochener Schlägernase und Pockennarben im Gesicht. Die anderen nannten ihn nur Chef. Zwei der Männer, vermutlich Brüder, hatten rötliches Haar und struppige Schnurrbärte. Der vermutlich jüngste der Gruppe hatte ein glattrasiertes Jungengesicht und einen Blick in den hellblauen Augen, als ob er gerne kleine Tiere quälte. Der letzte der Gruppe hatte dunkles Haar und einen langen Vollbart, der stellenweise schon ins Grau überging.

Drei Stunden waren seit ihrer Gefangennahme vergangen. Die Buren hatten sich auf dem Boot hingelümmelt und dösten an verschiedenen schattigeren Stellen: Der Anführer im Schatten neben dem Führerhaus, die beiden Brüder lagen an der Reling neben Bruder Ermias, der glattrasierte Junge hatte sich im Heck unter dem gespannten Tuchdach auf eine Seilrolle gelegt. Wach war nur der Mann mit dem Vollbart. Der sah dem Jungen beim Kohleschaufeln zu und schlug ihn ab und zu mit einem langen Stück Schilfrohr.

Als der Mann mit dem Bart allerdings ins Heck des Boots ging, um sich ins Fahrtwasser zu erleichtern, reagierte der Junge auf eine Kopfbewegung seines Captains hin. Er machte einen schnellen Seitenschritt aus der halboffenen Kabine des Führerstandes und warf etwas in den Bug des Bootes. Einen kleinen, glitzernden Gegenstand, der über das Schnaufen des Dampfkessels nicht hörbar über das Deck hüpfte und neben Leighs Fuß zum Liegen kam.

Ashleigh Hanworth reagierte schnell und bevor einer ihrer Häscher etwas bemerkte: Sie schob das kleine Etwas – es war eine Glasscherbe – rüber zu Jon, der es mit seinen Beinen zu seinem Po heranzog. Der Mann im Heck hatte seine Hose geschlossen und ging an seinen Posten bei Cham zurück, um diesen weiter anzutreiben. Nicht, dass das Boot mehr Holzkohle verbrennen konnte, als es derzeit tat. Vielmehr schien es ihm zu gefallen, den Jungen zu quälen. Jon rutschte auf dem Hintern ein wenig vor, brachte die Scherbe unter und dann hinter sich. Er bekam sie in die Finger und begann, an seinen Fesseln zu schneiden.

Der Anführer der Buren wachte schließlich aus seinem Mittagsschlaf auf und rief seinen jungen Kameraden aus dem Heck zu sich. Gemeinsam kamen sie zu ihren Gefangenen. „Doktor Danger. Wissen Sie, warum Sie Gefangener der Ritter des Goldenen Zirkels sind?", fragte der Mann mit seinem holländisch klingenden Akzent.

„Weil Sie den Burenkrieg verloren haben, das nicht akzeptieren können und sich darum einen neuen Staat ausgedacht haben?" Ein Tritt in Jons Magengegend – nicht vom Anführer selbst, sondern von seinem jüngeren Untergebenen. Jon keuchte.

„Weil Sie uns bestohlen haben. Wir haben Ihre Sachen durchsucht und das hier gefunden. Wissen Sie eigentlich, was Sie da bei sich tragen?"

Der Mann hielt die Linse vor Jons Gesicht. Der Antiquitätenhändler Mr. Abdi in Addis Abeba hatte sie ihnen gegeben. „Das hier ist mehr wert, als das Leben von Ihnen und den beiden Untermenschen, mit denen Sie reisen." Nun war es an Jon, einen Tritt auszuteilen – sein Verhörer brachte sich allerdings durch einen schnellen Satz außer Reichweite des gefesselten Mannes.

„Doktor Danger, benehmen Sie sich. Wir können Ihren Freund den Mönch jederzeit über Bord werfen. Mit ihr da", eine abfällige Geste in Richtung Leigh, „haben wir noch ein Hühnchen zu rupfen. Meine Instruktionen sind, Sie beide lebend zum Nibelung zu bringen. Aber der Mönch ... Für den habe ich keine Anweisungen. Was mit ihm geschieht, liegt ganz an Ihnen."

„Wollen Sie mir nur drohen oder stellen Sie irgendwann auch eine Frage?" Jon blickte dem Mann in die Augen.

„Nun gut, Doktor Danger. Was haben Sie mit der Linse vor?"

„Sie untersuchen und in ein Museum stecken. Was glauben Sie? Ich bin Forscher."

Ein Tritt, nicht gegen Jon, sondern gegen Ermias, dem es die Luft aus den Rippen presst. Jons Augen verengen sich. „Was zur Hölle wollen Sie von uns, Sie feiger Bastard?"

„Wir wollen, dass Sie uns erklären, was Sie über diese Artefakte wissen."

„Offenbar nicht genug, um Ihre Neugierde zu befriedigen. Ich vermute, dass sie aus Mu stammen und damit älter sind, als alle klassisch bekannten Zivilisationen. Obwohl sie offenbar mit Technologien hergestellt wurden, die unseren modernen Möglichkeiten überlegen sind."

„Das wissen wir auch, Danger." Ein weiterer Tritt gegen Ermias, der gekrümmt auf die Seite sackte.

Der jüngere der beiden Buren beugte sich über den Mönch, wendete dabei Jon den Rücken zu. Dieser nutzte die Gelegenheit: Er riss seine beiden Hände hinter dem Rücken auseinander, die Fesseln durch die Sägearbeit mit der Glasscherbe geschwächt. Jon griff dem Mann vor sich ins Holster und zückte dessen Revolver. Der Anführer der Gruppe reagierte und wollte sein Gewehr vom Rücken holen – ein Fehler. Bevor er die Waffe mit ihrer Schlinge um sich herum bewegen konnte, drückte Jon ab. Die Kugel erwischte den Mann direkt in der Brust. Er stolperte rückwärts, fiel über die gegenüberliegende Bordwand in den Fluss.

Jons Beine waren noch immer gefesselt. Der Junge, dem er die Waffe abgenommen hatte, drehte sich halb herum und hatte plötzlich ein Messer in der Hand. Der Kanadier feuerte und schaffte es irgendwie, den Mann auf kürzeste Distanz zu verfehlen. Dieser stürzte sich mit dem Messer auf Jon. Dem gelang es, den Arm seines Angreifers zu packen, bevor ihm dieser die Klinge in den Hals schieben konnte. Jon versuchte, den Revolver zwischen seinen Gegner und sich zu bringen, beide rangen um ihre Waffen. Der Mann zog sein Knie hoch, rammte es unter Jons Kinn. Der wurde fast bewusstlos, drückte den Abzug des Revolvers erneut ab, der Schuss donnerte am Ohr seines Gegners vorbei, verbrannte diesem die Hand, mit der er den Lauf der Waffe gegriffen hatte.

Der Bure ließ nicht los, aber Jon hielt seinen Griff am Messerarm seines Gegners ebenfalls eisern. Der Mann setzte sein ganzes Gewicht hinter die Klinge, die sich langsam auf Jon niedersenkte. Beide Männer keuchten, ihre Gesichter nur wenige Handbreit voneinander entfernt. Jon hörte Lärm vom Rest des Bootes, ein lautes Platschen – der Rest ihrer Wärter war in Aktion getreten. Das Überraschungsmoment war vorbei. Plötzlich Bewegung von der Seite: Leigh hatte sich hochgestemmt und dann mit den Schultern gegen Jons Gegner geworfen, der von ihm herunterrollte. Jon nutzt die Gelegenheit und schoss dem Mann in den Kopf.

Jons Blick fiel auf den Rest des Boots. Hinter dem Führerhaus schlug der schwarze Junge mit der Kohleschaufel auf etwas ein, das außer Sicht, aber den Blutspritzern nach vermutlich einer der Buren war. Captain Baudelet hatte seine Fesseln offenbar ebenfalls lösen können und war gerade damit beschäftigt, jemanden mit seinen kräftigen Armen zu erwürgen. Der Gefangenenaufstand war offenbar erfolgreich gewesen.

Jon rappelte sich auf die noch immer gefesselten Beine. „Captain, warten Sie!"

Der massige, blonde Franzose mit dem Vollbart und dem geröteten Gesicht blickte ihn an. „Die 'aben mein Boot geschändet!" Der starke Akzent des Mannes war Jon schon bei der kurzen Vorstellung nach ihrer Gefangennahme aufgefallen.

„Richtig. Aber lassen Sie einen übrig, dem wir ein paar Fragen stellen können, Captain!"

Jon befreite Leigh und Ermias von ihren Fesseln, während Captain Baudelet seinen Gefangenen gründlicher als notwendig verschnürte. Der Mann, einer der beiden mutmaßlichen Brüder, hatte sich inzwischen ein wenig vom Kampf mit dem Franzosen erholt und blickte mit einer Mischung aus Hass und Verzweiflung auf seine ehemaligen Gefangenen. Der Junge Cham war indes damit beschäftigt, die Toten Buren über Bord zu werfen.

„Ich habe mich nicht richtig vorstelle können", sagte Baudelet mit seinem dicken französischen Akzent schließlich. Er zückte den Hut. „Miss Dokteur Hanworth. Dokteur Danger. Frère Ermias. Mein Name ist Jean-Pierre Baudelet und Sie befinden sich an Bord meines Bootes, der *Marie Justine*, einer Dame des Nils und seiner Zuflüsse. Mein erster Maat, Heizer und Schiffsjunge ist Cham, der nicht spricht. Sie haben mich in einer misslichen Lage erwischt und geholfen, ihr zu entrinnen. Ich nehme an, Sie wollen in Richtung Nil, oui?"

„Allerdings", sagte Leigh, sich noch die wunden Handgelenke reibend. „Wie sind Sie an diese Typen geraten?"

„Die haben mich gekapert. Haben mein Boot anheuern wollen und dann beschlossen, es zu übernehmen. Vier Tage lang waren Cham und ich ihre Sklaven. Die glaubten, ich verstehe ihre Sprache nicht aber ich hatte mal eine gute Bekannte aus Holland. Die hat mir so einiges gelehrt, wenn Sie verstehen, was ich meine", trotz der Situation brachte Baudelet einen verschmitzt-schmutzigen Blick zustande und zwinkerte Leigh zu, die leicht errötete. „Die haben viel über Sie zwei geredet. Über den gefährlichen Dokteur Danger und über Sie ...", ein Blick auf Leigh, „nur Dinge, die ich einer Dame gegenüber nicht wiederholen möchte."

Captain Baudelet war wieder am Steuer und hatte das Boot gewendet, fuhr Flussabwärts. Jon fragte: „Können Sie uns zum Nil bringen? Wir wollen uns nach Kairo durchschlagen."

„Da nehmen Sie am besten von Atbara aus den Zug. Bis dahin kann ich Sie bringen aber meine Dienste haben ihren Preis."

„In Atbara gibt es einen Bahnhof. Folglich auch Telegrafenanschluss. Mein Forschungsstipendium beinhaltet ein Budget für Transporte, das ausreichen sollte", erklärte Leigh.

„Dann haben wir einen Deal. Was machen wir mit ihm da?" Baudelet nickte in Richtung ihres Gefangenen, der ins Leere starrte.

Jon ergriff wieder das Wort. „Wir reden mit ihm."

Die Befragung des gefangenen Buren brachte durchaus neue Informationen. Die Ritter des Goldenen Zirkels operierten aus einem Territorium irgendwo im tiefsten Regenwald des Kongo. Der Nibelung war ihr Luftschiff – ein Zeppelin deutscher Produktion, den der Geheimbund in den Wirrungen der letzten Züge des Weltkriegs an sich gerissen hatte. Es musste jenes Luftschiff sein, von dem Jon Leigh in Abessinien gerettet hatte.

Von eben dieser Aktion wusste der Mann ebenfalls, wenngleich er nicht an Bord gewesen war. Er wusste nur, dass ein Doktor Jon Danger auf das Luftschiff geschlichen war und einen Mann getötet hatte. Ein Umstand, den Ashleigh sich nicht die Mühe machte, zu korrigieren – obgleich sie es gewesen war, die Henk erschossen hatte.

Bezüglich der Artefakte gab sich der Mann unwissend. Nur, dass eine andere Gruppe der Ritter des Goldenen Zirkels nach Meroe wollte, wusste er. In einigen Tagen sollte sie dort ankommen – der Nibelung musste die Leute erst noch abholen. „Das ist von Atbara, wo dieser Fluss in den Nil mündet, etwa einen Tag Flussaufwärts", erläuterte Captain Baudelet. „Dort gräbt gerade eine Gruppe von Amerikanern, soweit ich weiß. Ich habe denen einmal eine Ladung Whiskey gebracht. Am britischen Zoll vorbei, versteht sich." Wieder ein Zwinkern des Franzosen.

„Wenn wir vor dem Angriff dort sein können, müssen wir die Archäologen warnen", sagte Jon. Dann erklärte er das Gehörte Ermias auf Latein, so gut es ging.

Der Mönch war bereits bei der englischsprachigen Konversation hellhörig geworden, als er den Namen Meroe gehört hatte. Nun sagte er zu Jon: „Natürlich wollen die da hin. Die Artefakte, mit denen ich gehandelt habe, stammen zu einem guten Teil aus den dortigen Pyramiden. Die wollen mehr davon haben, was auch immer sie vorhaben."

„Dann haben wir einen Plan", verkündete Jon. „Captain Baudelet, bringen Sie uns so schnell wie möglich nach Meroe. Wissen Sie, wer die Amerikaner sind, die dort graben?"

„Das ist ein Mann namens Reisner, glaube ich."

Leigh blickte ihn überrascht an. „George Andrew Reisner?"

„Ich glaube schon."

„Ich kenne den Mann. Er ist ein Freund meines Vaters."

„Und", fügte Jon hinzu, „der größte lebende Experte für altägyptische Gräber."

„Wir müssen ihn warnen", Leigh blickte Baudelet an. „Kann dieses Boot nicht schneller fahren?"

„Dokteur Hanworth. Die *Marie Justine* ist eine Dame bei Tag aber dank der Schiffslaterne, die ich aus einem Zug befreit habe eine, verzeihen Sie, eine Hure bei Nacht. Wenn wir sie im Wechsel antreiben, sind wir übermorgen in Meroe."

Die nächsten Stunden verbrachten Jean-Pierre Baudelet und Cham damit, Jon, Leigh und Ermias in die Bedienung des kleinen Dampfers einzuweisen. Ihren Gefangenen plante die Gruppe, bei Atbara an die britischen Kolonialbehörden zu übergeben, auch wenn der Captain ihn lieber über Bord geworfen hätte. Die Geschichte mit dem Baum glaubte ihnen der Franzose ohne jede Nachfrage, erzählte dann im Gegenzug von gewaltigen Spinnen von der Größe eines Kalbs, die es im Herzen Afrikas geben sollte und von denen er eine einmal am Ufer beobachtet haben wollte.

Schließlich wurde es Nacht. Baudelet und Cham legten sich unter dem Stoffverdeck im Heck in Hängematten, Ermias und der Gefangene legten sich im Bug des Schiffs nieder. Jon und Leigh übernahmen die erste Nachtwache. Er schaufelte Kohle und sie hielt das Schiff auf Kurs, um nicht auf das Ufer aufzulaufen. Es war keine anstrengende Arbeit: Der Kessel benötigte nicht viel Treibstoff und der Fluss verlief in sanften Kurven durch die Wüste Zentralafrikas. Über ihnen erstreckte sich ein fantastischer Sternenhimmel.

Leigh legte ihren Kopf an Jons Schulter. „Wir haben eine Menge überlebt in den letzten paar Wochen, Jon."

„Das haben wir, Leigh.“

„Glaubst du, wir können die Archäologen rechtzeitig warnen? Und was dann?“

„Ich hoffe, die Armee wird uns helfen. Wenn nicht, müssen wir eben improvisieren.“

„Wie immer bei dir.“

„Hey, wir haben es bis hierher geschafft, Leigh.“

„Mit viel Glück, Jon.“

„Ich sage, gehen wir das Problem an, wenn wir es sehen können. Und was ich jetzt sehe ist ein fantastischer Sternenhimmel.“

Gemeinsam betrachteten sie noch eine Weile die Milchstraße am Himmel. Sie zählten vier Sternschnuppen. Dann fütterte Jon noch eine Schaufel voll Kohle in die Maschine und übernahm das Ruder, während Leigh sich auf einer Decke zusammenrollte und unter dem fantastischen Sternenhimmel der südlichen Sahara einschlief.

Doktor Jonathan Daniel Danger stand am Bug der *Marie Justine*, als diese an den Pier von Atbara schipperte. Leigh stand an seiner Seite, Ermias ein Stück weiter hinten. Captain Jean-Pierre Baudelet stand am Ruder seines kleinen Dampfers, während Cham auf den Steg sprang, um das Boot zu vertäuen. Ein Militäradjutant kam zu ihnen und nahm Bootsnamen und Personen an Bord auf – überrascht ob der beiden Commonwealth-Bürger.

Jon verlangte, umgehend den Kommandanten der lokalen Militärverwaltung zu sprechen. Leigh beschloss aus Erfahrung, dass es klüger wäre, wenn sie woanders wäre – und ließ sich von Captain Baudelet zum Bahnhof führen, wo es auch eine Bank und das Telegrafenamt gab. Der Soldat vom Kai schickte Jon eine knappe Meile in die Stadt hinein.

Jon stapfte durch die staubigen Straßen von Atbara. Die Stadt war neben der Einmündung des gleichnamigen Flusses am Ufer des Nils errichtet worden. Zunächst führte der Weg durch Ziegelbauten mit hohen Gartenmauern, hinter denen Palmen emporragten. Hier lebten britische Soldaten und Kolonialbeamte. Je weiter Jon ins Zentrum vordrang, desto enger wurde die Bebauung. Auch änderte sich ihr Stil: Häuser mit kleinen Kuppeln darauf, eng beieinander errichtet. Er schnappte ägyptisches Arabisch auf, als er an einem offenen Fenster vorbeiging und ihm der Duft von Gebratenem in die Nase stieg.

Das Volk auf der Straße war bunt gemischt: Sudanesen, vor einem Vierteljahrhundert hier von der Kolonialmacht besiegt; Ägypter, als Facharbeiter mit der Eisenbahnlinie hergereist; Nubier von tief dunkler Haut; und Briten, Offiziere, Soldaten, Eisenbahntechniker mit ihren Familien, die Frauen mit altmodischen Kleidern und kleinen

Sonnenschirmchen ausgestattet, die Kinder adrett und in Sonntagsanzügen – es war ein Kirchentag.

Das Zentrum Atbaras wurde vom Bahnhof und den dazugehörigen Reparaturwerkstätten dominiert. In dessen Nähe standen keine Häuser, sondern aus Jutetüchern zusammengenähte Zelte afrikanischer Bauart, die wie große beige Früchte dem Staub der Stadt trotzten. Jon fand die Militärverwaltung direkt beim Bahnhof – die Armee war auch für dessen Betrieb zuständig.

Ein alter, dampfbetriebener Ventilator knatterte in der Ecke des Büros des lokalen Militärkommandanten. Dass dieser den fremden Kanadier überhaupt vorgelassen hatte, lag an der Kuriosität der Ankunft aus Osten. Jon erzählte dem Mann kurz und schnell, was auf dem Fluss vorgefallen war. Der Kommandant, ein rundlicher Offizier in den Sechzigern, hörte zu und verlangte dann nach seinen Untergebenen. Man solle den Gefangenen verhören, den der Kanadier mitgebracht habe. Und ob Jon überhaupt gedient habe. Das hatte er und damit war er für den Mann direkt eine Spur sympathischer. Jon wurde angewiesen, in drei Stunden wiederzukommen – man werde bis dahin den Gefangenen befragt und wenn nötig einen Handlungsplan bezüglich der Expedition in Meroe ausgearbeitet haben.

Jon trat wieder auf die Straße. Leigh kam auf ihn zu. „Jon, ich habe Geld besorgt. Wie geht es weiter?"

„Wir sollen drei Stunden abwarten, was die Militärbürokratie aus dem Gefangenen herausholt und dann zu tun entscheidet. Wo sind die anderen?"

„Captain Baudelet ist zurück zu seinem Boot gegangen, nachdem ich ihn bezahlt habe. Ermias ist ... Er ist auf eigene Faust weitergereist."

„Wohin denn?"

„Er möchte sich mit Mitgliedern seiner Bruderschaft treffen. An einem geheimen Ort. Er hat mir Koordinaten verraten aber mich gebeten, sie nicht weiterzugeben. Auch nicht an dich. Ich glaube, es liegt in Marokko. Er hat mich eingeladen, ihm zu folgen. Er meint, er könnte sich vorstellen, dass es dort Antworten auf die Frage nach meinem Schmuckstück gibt." Leighs Hand fuhr zu dem Anhänger, den sie unter ihrem Khakihemd auf der Brust trug.

„Nun. Willst du ihm folgen?"

„Ja natürlich, Jon. Dafür bin ich nach Afrika gekommen. Um herauszufinden, was es mit diesem Amulett auf sich hat."

„Leigh, ich werde dich nicht bitten, mit mir nach Meroe zu gehen …"

„Oh Jon, wenn ich da nicht hinwollte, wäre ich gleich mit Ermias gegangen. Ich will Professor Reisner wiedersehen und dafür sorgen, dass diese verdammten Zirkeltypen ihm nichts tun!"

„Gut. Aber vorher sollten wir vielleicht tatsächlich ein Hotel aufsuchen, eine warme Mahlzeit zu uns nehmen und uns vor allem einmal waschen."

„Exzellenter Plan, Doktor Danger. Ich nehme an, ich bezahle?" Leighs Blick sagte Jon, dass ihr das schon klar war – sie gingen zum Bahnhofshotel und nahmen sich zwei Zimmer.

Eine Stunde später saßen sie im Restaurant des Hotels und aßen – obwohl es schon Nachmittag war – ein britisches Frühstück. Jon hatte grundsätzlich nie viel mit Bohnen zum Tagesbeginn anfangen können aber für Leigh gehörten diese definitiv dazu und beide genossen eine echte warme Mahlzeit nach Wochen mit Dosen, Beeren und Wurzeln. Und sie schmiedeten Pläne: Leigh wollte Ermias nach Nordwestafrika folgen, um mehr über ihren Anhänger herauszufinden.

Jon hingegen würde bei Reisner hoffentlich Hinweise erhalten, was es mit der Linse auf sich hatte – und wo es mehr Artefakte aus antedeluvischer Zeit zu finden gab. Am Ende, so waren sie sich sicher, würden sie sich in Arkham wiedersehen, wenn sie ihre Forschungsarbeiten formell veröffentlichten.

Die britische Armee war eine riesige und bürokratische Organisation, die im Großen manchmal Jahre benötigte, um auf Dinge zu reagieren. Im Kleinen hingegen konnte ein Offizier am Boden durchaus schnelle Entscheidungen treffen. Als Leigh und Jon wieder zur Kommandantur kamen, stellten sich gerade fünf Dutzend Soldaten mit Marschgepäck, einem Feldgeschütz und zwei Maschinengewehren auf Radlafetten zum Abmarsch auf. Der Kommandant hatte einen Leutnant und dessen Untergebenen beauftragt, mit Jon und jedem, der sonst mitwolle, einen Zug nach Meroe zu nehmen.

„Es mag ein Hirngespinst sein, das der Mann, den Sie mitgebracht haben, da von sich gibt", sagte der Leutnant zu Jon. „Natürlich ist es Schwachsinn, dass es eine Armee von weißen Separatisten im zentralen Kongo gibt, die auch noch über ein Luftschiff verfügt. Aber", der Mann blickte Jon über seinen gezwirbelten Schnurrbart hinweg an, „das Risiko, dass auch nur eine Gruppe von Strauchdieben der Expedition der Amerikaner etwas antut und sich das schlecht auf den Ruf unserer Garnison hier auswirken könnte, war dem Kommandanten einfach zu groß. Kommen Sie, wir haben einen Zug requiriert. Wir werden in drei Stunden in Meroe sein."

Eine Lokomotive mit Kohletender, zwei Passagierwagen, ein Pritschenwaggon mit dem Geschütz und den

Maschinengewehren sowie ein Bremswaggon am Ende – das war die Aufstellung des Zuges, der nach Süden aufbrach. Bis Meroe waren es etwa einhundert Kilometer den Nil hinauf. Mit dem Boot von Captain Baudelet hätte das einen ganzen Tag gedauert. Die Bahnverbindung nach Khartoum führte aber nun einmal dort entlang. Sie würden auf freier Strecke halten und wären dann keine halbe Stunde Marsch vom Camp der Reisner-Expedition entfernt.

Der Zug setzte sich schnaufend in Bewegung. Jon und Leigh saßen im hinteren der beiden Passagierwaggons, zusammen mit dem Leutnant und seinen Stabssoldaten. Ein ägyptischstämmiger Adjutant servierte Tee. „Wir haben die Gegend eigentlich gut im Griff", erzählte der Leutnant, dessen Name Whiteman war. „Die Schlacht von '92 hier muss heftig gewesen sein. War 'n Massaker – also für die anderen, nicht für uns. Für jeden toten Soldaten des Commonwealth haben wir 300 von denen niedergemacht. War nicht schön aber notwendig. Und seitdem haben wir höchstens etwas Ärger mit den Arbeitern im Bahndepot." Leigh blickte aus dem Fenster auf die Wüste, die wenige Dutzend Meter vom Fluss entfernt anfing.

„Bevor ich in Afrika war, war ich in Burma. Hier ist es zwar heißer und trockener aber dafür gibt es auch weniger Viecher, die einen umbringen wollen", fuhr Whiteman fort. Jon nickte halbherzig.

Dann fiel ein Schuss und eine der Scheiben des Waggons zerbarst nach innen. In seiner ersten Reaktion schob Jon Leigh zu Boden. „Runter, leg dich hin", zischte er. Der Leutnant, offenbar ein erfahrener Soldat, hatte sich bereits unter das Fenster gekauert. Jon tat es ihm gleich, warf einen Blick nach draußen. In der staubigen Wüstensonne ritten Männer auf

Dromedaren im vollen Galopp parallel zum Zug. Männer mit schwarzen Gewändern und Gewehren.

„Banditen!", fauchte der Leutnant und zückte seinen schweren Revolver. Dann brüllte er Befehle: „Männer! An die Gewehre. Stintson! Bringen Sie Ihre Leute in Position. Volley Rapid Fire. Zeigen wir denen, woraus wir gemacht sind!"

Die Befehle wurden in den vorderen Waggon weitergetragen, während weitere Schüsse in den Zug einschlugen. Dann erwiderten die Soldaten im vorderen Waggon das Feuer. Brüllende Salven aus dreißig oder vierzig Lee-Enfield-Gewehren peitschten in Richtung der Kamelreiter, die in einer großen Staubwolke näher auf den Zug zuritten und vereinzelte Schüsse abgaben. Nach jeder Salve hörte Jon einen Unteroffizier im vorderen Wagen Befehle brüllen. Der Leutnant und seine beiden Stabssoldaten feuerten mit ihren Revolvern nun ebenfalls aus den zerschossenen Fenstern – die Reiter waren nahe genug herangekommen.

Die Kolonialarmee schien die Situation unter Kontrolle zu haben. Jon sah zu Leigh, stellte fest, dass es ihr gut ging, und nahm dann eine Bewegung auf der anderen Seite des Zuges wahr. Die Soldaten hatten allesamt auf der linken Zugseite Position eingenommen, um die Reiter abzuwehren – nun versuchte es jemand im Schatten dieser Ablenkung von der Flussseite her. Jon zückte den Revolver, den er dem Buren abgenommen und immer noch bei sich hatte. Er versuchte, die Aufmerksamkeit des Leutnants zu bekommen aber der war damit beschäftigt, fluchend und spottend auf die Angreifer im Osten zu feuern.

Jon ging geduckt in Richtung Heck – der Schatten, den er durch die Zugfenster gesehen hatte, war im hinteren Bereich zurückgefallen und möglicherweise auf den Pritschenwagen mit den schweren Waffen gestiegen. Jon erreichte hockend die Tür des Waggons, wollte sie mit der Linken öffnen, während die Rechte den Revolver umklammerte. Jemand tippte ihm auf die Schulter. Leigh hockte direkt hinter ihm. Er versuchte, sie mit einer Geste davon zu überzeugen, zurückzugehen, was sie mit einem genervten Blick quittierte. Als dann an der Stelle, wo sie vorhin noch gehockt hatte, eine Kugel durch den Waggon schlug, fuchtelte sie noch einmal mit der Hand und Jon begriff, dass Diskussionen zwecklos waren und sie mitkommen würde.

Er öffnete die Tür, während hinter ihnen noch immer die Schießerei dröhnte. Fahrtwind und Wüstenstaub machten die Sicht auf den Pritschenwagen schlecht. Jon glaubte, ein Kamel nach links im Staub verschwinden zu sehen. Die schweren Waffen waren auf der Ladepritsche fest vergurtet und mit Planen vor dem Wüstenstaub geschützt. Jon sprang über die Lücke zwischen den Waggons und landete vor dem verpackten Infanteriegeschütz. Er hielt Leigh seine Hand hin, ohne den Blick von den Planen vor sich zu abzuwenden. Unter denen waren mit Rädern aufgebockt zwei Maxim-MGs – und dahinter konnte sich durchaus jemand verstecken.

Leigh erreichte Jon und dieser hielt sich mit der nun wieder freien Hand an einem Spanngurt fest, während er sich den Weg um die Kanone herum bahnte. Er wusste, dass bei dem Lärm des Zuges und des Kampfes niemand ihn würde kommen hören, machte einen schnellen Schritt um das erste Maschinengewehr herum und zielte mit seinem Revolver ins Leere. Drei Schritte, dann war er beim letzten MG. Ein Schwung herum – nichts. Es blieb der Bremswaggon am Ende des Zuges. Jon hatte einen furchtbaren Verdacht.

Der Bremswagen war dazu in der Lage, den gesamten Zug zu stoppen. Tat er dies, so hätten die britischen Soldaten an Bord ihren größten Vorteil gegenüber den Banditen auf den Kamelen verloren. Danach hätte der Angreifer sogar eines der Maschinengewehre übernehmen können – damit längs durch den Zug zu feuern hätte verheerende Auswirkungen. Tatsächlich war das Heck des Zuges eine einzige große Schwachstelle, realisierte Jon.

Bevor Leigh ihm weiter folgen konnte, sprang der Archäologe zur Plattform mit dem Eingang in den Bremswaggon herüber. Er zögerte nicht, riss die Tür auf. Im Dunkel des Waggons sah er für einen Augenblick nichts, dann das Aufblitzen von Metall. Jon hielt sich mit der Linken neben der Tür fest, schwang sich zur Seite, brüllte „Runter!" in Richtung Leigh, dann peitschte der Schuss. Leigh ging hinter dem letzten Maschinengewehr zu Boden – ob getroffen oder absichtlich, konnte Jon nicht sehen.

Mit einem unartikulierten Schrei hielt Jon den Revolver um die Ecke, feuerte blind in das Innere des Waggons. Schüsse fielen in Antwort, erst durch den Türrahmen, dann durch die Wand direkt neben Jons Kopf. Der Revolver in seiner Hand klickte. Die Waffe seines Widersachers musste auch leer sein. Jon schwang sich zurück und direkt durch die Tür in das dunkle Innere des Bremswaggons.

Er prallte auf den Mann im Waggon, der gerade dabei gewesen war, einen Krummdolch aus einer Scheide an seinem Gürtel zu ziehen. Jon sah den Stahl aufblitzen, griff die Messerhand. Beide Kämpfer strauchelten ins Innere des Waggons, sie stolperten über etwas, prallten gegen die Seitenwand des engen Bremswagens. Jon rammte dem Mann seinen Kopf ins Gesicht, dieser drehte sich rechtzeitig weg, stieß mit dem Messer nach Jons Bauch. Jon gelang es, den Stoß abzulenken, er ließ das Handgelenk des Mannes nicht los. Sie strauchelten erneut, als der Zug über eine Unebenheit im Gleisbett fuhr.

Sie fielen, der Mann schaffte es, nicht unter Jon zu geraten. Beide landeten weich – zu Jons Entsetzen auf der Leiche eines Bahnarbeiters. Der Bremswaggon hatte zwei Mann Besatzung gehabt, erinnerte er sich. Über den anderen waren sie eben gestolpert. Der Mann mit dem Messer nutzte Jons Schreckensmoment aus, um die Klinge seines Dolches hochzuziehen. Die Waffe schnitt in Jons Hemd und dann in die Haut darunter. Jon blickte dem Mann ins Gesicht, während er mit aller Kraft versuchte, dessen Hand von sich weg zu bekommen. Er war kein Einheimischer, sondern vermutlich Araber oder Ägypter. Jon rammte erneut seinen Kopf in das Gesicht seines Angreifers, erwischte ihn dieses Mal auf die Nase.

Der Mann prallte zurück, Jon gelang es, das Messer kurz unter Kontrolle zu bekommen und hochzureißen. Er stieß dabei mit dem Ellenbogen gegen den großen Bremshebel, spürte seinen Arm betäubt. Der Assassine trat nach Jon, versuchte, ihm das Knie in den Unterleib zu rammen. Jon rollte sich zur Seite, ließ dabei aber die Hand mit dem Messer nicht los, sondern schlug das Handgelenk gegen den Ansatz des Bremshebels. Der Mann, dem Blut aus der Nase strömte, verzog kein Gesicht, hielt das Messer weiter fest. Jon rollte sich zurück auf ihn, drehte das Messer um und legte dann sein ganzes Gewicht in die Klinge, die sich dem Mann zwischen die Rippen schob.

Der Araber keuchte rasselnd seinen letzten Atemzug und Jon brach kurz auf ihm zusammen. Mühsam rappelte er sich hoch, betastete den Schnitt auf seiner Brust. Nicht zu tief aber sein Hemd war blutgetränkt. Er strauchelte aus dem Dunkel des Bremswagens ins Helle. Leigh. Ashleigh. „Leigh!" rief Jon. Beinahe wäre er vom Zug gefallen, halb blind von Staub und Wüstensonne und mit wackeligen Beinen, als er den Satz über die Lücke zwischen den Wagen fast falsch eingeschätzt hätte. Jon klammerte sich an das festgezurrte Maschinengewehr, stützte sich daran entlang.

Er sah Leighs Haarschopf – sie hatte ihren Tropenhelm im Waggon abgenommen gehabt. Doktor Ashleigh Hanworth lag zwischen den beiden mit Planen verpackten Maschinengewehren zusammengekrümmt auf dem Bauch. Auf dem Holz des Pritschenwagens um sie herum war eine Lache ihres Blutes.

„So fühlt sich das also an, Jon?“ Man hatte Leigh und die anderen Verwundeten im Offizierswagen auf Feldbetten untergebracht. Jon saß bei ihr, hielt ihre Hand, während der Regimentssanitäter an ihr eine Notoperation durchführte. Leigh hatte Blut verloren aber die kleinkalibrige Kugel in ihrer Flanke hatte keine wichtigen Organe verletzt – der Sanitäter gab sich zuversichtlich, dass sie es überleben würde. Der kleine Mann mit Nickelbrille hatte die Kugel mit einer Greifschere herausgeholt, die Wunde desinfiziert und war nun dabei, sie zu vernähen.

„Bettruhe, Miss Hanworth. Mindestens zwei Wochen. Wir können Sie mit den anderen Verwundeten nach Khartoum bringen.“

„Nein“, Leigh blickte Jon müde an. „Jon, sag ihm, dass ich die Pyramiden auf jeden Fall sehen will – und Professor Reisner.“

„Leigh, du hast Morphium bekommen. Wenn die Schmerzen da wären, würdest du das vermutlich ganz anders sehen.“

„Jon, Reisner will ich nicht verpassen. Er ist einer der größten Ägyptologen der Welt und ein Freund meines Vaters und ...“ Leigh war eingeschlafen – endlich.

Der Zug setzte seinen Weg bis nach Meroe fort. Der Trupp Soldaten an Bord hatte nur zwei Mann verloren – und ein Dutzend weitere waren verletzt worden. Wieviele der Banditen gefallen waren, war unklar, aber es mussten deutlich mehr sein. Die beiden Bahnarbeiter im Bremswaggon zählten zu den britischen Verlusten noch dazu. Die vier Verletzten, die nicht mehr für kampffähig befunden wurden, wurden mit dem Zug weiter in Richtung Khartoum geschickt, nachdem die schweren Waffen abgeladen waren. Leigh wurde auf einer

Trage transportiert – Jon hatte ihren Wunsch durchgesetzt, sie mit zur Ausgrabungsstätte zu nehmen.

Die Soldaten hatten Zelte, Proviant und Sandsäcke mitgebracht, die ebenfalls abgeladen wurden. Dann kam ihnen eine Gruppe auf Kamelen entgegen. Der vordere Reiter ließ sein Kamel abhocken und stieg dann ab. Er war ein Berg von einem Mann, überragte Jon um einen halben Kopf in der Höhe und mindestens einen Zentner in der Masse. Schnurrbart und die Brille unter dem breitkrämpigen Hut kannte Jon von Fotos: George Andrew Reisner, Koryphäe auf dem Gebiet der semitischen Sprachen und in allen Dingen, die das ägyptische Altertum betrafen.

„Gentlemen, was verschafft mir die Ehre?", fragte der große Archäologe – die Frage richtete sich sowohl an den Leutnant als auch an Jon, den Reisner als Zivilisten und möglichen Kollegen in der Gruppe ausgemacht hatte.

Der Leutnant antwortete als erster: „Wir sind gekommen, um Sie vor einer möglichen Gefahr zu warnen und Ihnen unseren Schutz anzubieten. Dr. Danger hier hat in Erfahrung gebracht, dass eine paramilitärische Gruppe plant, Ihr Camp zu überfallen. Die britische Krone kann das nicht zulassen."

„Danger? Atlantis-Danger?" Reisner musterte Jon mit einer Mischung aus Spott und Respekt, die schwer einzuordnen war.

„Mu, Professor Reisner. Ich sehe, Sie haben von mir gehört – Ihre Werke über semitische Sprachen sind in Arkham noch immer Grundlage des Sprachseminars. Es ist mir eine Ehre, Sie zu treffen."

„Na na, junger Mann, das ist Jahrzehnte her. Hat niemand sonst das Zepter der Sprachforschung übernommen? Aber wollen Sie nicht in unser Camp kommen und wir besprechen die Lage dort?"

„Papa George?", kam es schwach von Leighs Trage.

„Sie haben eine Dame mitgebracht, ohne Sie mir vorzustellen?" Reisner stapfte zu Leigh herüber.

„Ich bin es, Ashleigh. Ashleigh Hanworth."

„Grants Tochter? Meine Güte, du bist aber groß geworden!" Reisner ergriff Leighs Hand. „Was ist passiert?"

„Der Zug wurde überfallen."

Reisner blickte auf. „Was stehen Sie hier alle herum? Bringem Sie die Dame in unser Arbeitszelt und dann erklären Sie mir, was der ganze Aufzug eigentlich soll!"

In der Abenddämmerung ragten die sandsteinfarbenen Spitzen der Pyramiden in den tiefblauen Wüstenhimmel. Das Camp der Expedition bestand aus einem Dutzend Zelten, die zwischen den Grabstätten von Meroe aufgebaut waren. Die Pyramiden waren anders als ihre bekannteren Verwandten in Ägypten: So groß wie ein vierstöckiges Haus, deutlich steiler und spitzer als die von Gizeh und jeweils mit einem Vorbau mit Eingang ausgestattet. Die Nekropole von Meroe war noch nicht ganz erforscht – Reisner und sein Team hatten zwei der Pyramiden selbst geöffnet. Viele andere waren in den Jahrhunderten und Jahrtausenden seit ihrer Errichtung von Grabräubern geplündert worden.

„Wir haben eine Menge interessanter Sachen gefunden, einige davon werden vor allem Ihnen gefallen, Danger", sagte Reisner, nachdem Leigh auf ein Feldbett in seinem geräumigen Arbeitszelt abgelegt worden war. Der Leutnant hatte Jon die Kommunikation mit dem Archäologen überlassen und war dabei, draußen seine Soldaten zu instruieren, die Verteidigungspositionen rund um die Nekropole aufbauen sollten. Auf einem langen hölzernen Tisch im Zelt lagen verschiedene Artefakte aus der zuletzt geöffneten Grabkammer im Prozess der Reinigung und Katalogisierung.

Eines davon fiel Jon sofort ins Auge: Ein dreieckiges Objekt mit einem runden Knauf. Aus mattem, grauem Metall, das es im Nubien des 3. Jahrhunderts vor Christi Geburt nicht hätte geben dürfen. Es ähnelte dem Schlüssel, mit dem sich die Gruft in Huaji hatte öffnen lassen.

„Das ist ...", begann Jon.

„Aus einem Metall, das härter ist, als es verdammt nochmal das Recht hat zu sein", fiel im Reisner ins Wort. „Ich habe Ihre Texte gelesen, Danger. Ich halte sie immer noch für Mumpitz aber was wir hie gefunden haben, lässt mich ein wenig an meiner Weltsicht zweifeln. Sehen Sie hier." Reisner nahm den Gegenstand und hielt ihn über eine Münze, die auf dem Tisch lag. Die Münze richtete sich auf, als würde ein Magnet auf sie einwirken. Dann begann sie, sie auf ihrer Kante zu drehen. Nicht schnell, aber stetig.

„Das ist unmöglich, Danger. Wo soll die Energie herkommen? Die Nubier hatten keine Magneten, die so stark sind. Aber das ist noch nicht alles. Ashleigh, kannst du aufstehen?"

„Ich ... Der Arzt hat gesagt, ich sollte liegenbleiben."

„Dann tragen wir dich. Danger, packen Sie mal mit an!" Reisner griff das Vordere Ende von Leighs Feldbett. Jon beeilte sich, das andere Ende zu erreichen, bevor der hünenhafte Forscher Leigh noch auskippte. „Francis!", brüllte Reisner nach seinem Assistenten. „Francis, hol eine Lampe. Wir gehen in Gruft vierzehn!"

Gruft vierzehn war eine der ältesten Pyramiden von Meroe. Reisners Expedition hatte eine massive Steinplatte mit Spitzhacken zerlegt, um hineinzugelangen – und den Eingang danach mit einer Plane neu verschlossen, um zumindest einen Teil des Wüstensandes fernzuhalten. Francis ging mit der Laterne vor, gefolgt von Reisner und Jon, die Leigh zwischen sich auf dem Feldbett trugen. „Dieses Grab ist älter als der Rest hier. Aber immer noch jünger als die Stätten in Gizeh. Wie dem auch sei, was wir hier entdeckt haben entzieht sich meiner Sprachkenntnis und damit vermutlich auch Ihrer, Danger. Aber vielleicht können Sie mich ja überraschen."

Die Grabkammer war leer – Reisner und sein Team hatten den Sarkophag und alle Beigaben entfernt und bereits in Kisten für den Transport nach Kairo verpackt. Die Wandmalereien aber waren noch da – Francis hielt die Lampe hoch, während Jon und Professor Reisner Leigh auf ihrem Feldbett so positionierten, dass sie eine gute Sicht hatte. Die Schrift, wenn es denn welche war, kannte Jon von Expeditionsberichten aus der Universitätsbibliothek in Arkham. Sie sah anders aus als alle anderen bekannten Alphabete der Menschheitsgeschichte: Keine Keile, keine Lettern, keine Symbole, sondern ineinander verschränkte Anordnungen von Kreisen und parabelförmigen Linien.

„Atlantisch, Doktor Danger?" Reisner ließ den Anblick auf Jon und Leigh einwirken.

„Es sieht aus, wie Skripte aus Mu, die Yamada und Rory von ihrer Reise aus dem Pazifik mitgebracht haben", Jon war außer Atem. „Haben Sie das schon abgezeichnet?" Er hatte sein Notizbuch bereits gezückt und begann eine schnelle Skizze.

„Das ist nicht alles, Danger", sagte Reisner. „Ich habe sowas schonmal gesehen. Im Magazin des Museums von Kairo. Aber das ist viele Jahre her. Wir haben es damals als rein ornamentale Kunst betrachtet. Am falschen Ort, stilistisch unpassend aber ... Aber das hier. Sehen Sie hier, es ist in das

Wandbild integriert, wie es sonst Hieroglyphen wären. Wer auch immer das hier gemalt hat, hat es für Schrift gehalten."

„Jon", Leigh meldete sich von unten auf ihrem Feldbett zu Wort. „Jon, Ermias hat mich auf eine Idee gebracht. Wir sollten das mal ausprobieren."

„Einen Moment, lass mich das zuende zeichnen." Jons Bleistift raste über das Papier. Hier lag etwas, das mit den richtigen Dokumenten aus der Bibliothek der Miscatonic University in Arkham eine Verbindung zwischen Nordafrika und den pazifischen Inseln beweisen konnte. Die Kreismuster waren filigran aber nicht zu komplex, um eine lesbare Schrift zu sein. Wenn es sich um Zeichen handelte, dürften es weniger sein, als etwa in der altchinesischen Schrift. „Wenn wir genug davon zusammenbekommen, kann sie vielleicht entziffert werden", sagte Jon.

„Vielleicht ist das gar nicht nötig, Jon", sagte Leigh.

Jon sah sie an. „Wie meinst du das?"

„Die Linse von Mr. Abdi, Jon. Ermias sagte, wir sollten sie nutzen, um das unlesbare zu lesen."

Jon tastete nach der Linse, die, in einem kleinen Stoffbeutel geschützt, in seiner Tasche lag. Er holte sie hervor.

„Was ist das?" fragte Reisner und auch sein Assistent kam neugierig näher.

„Eine Linse, vermutlich klarer Bergkristall, eingefasst in das gleiche Material wie auch Ihr Artefakt draußen im Zelt", antwortete Jon.

„Ein Antiquitätenhändler in Addis Abeba hat sie uns gegeben", fügte Leigh hinzu. „Die stammt ursprünglich auch aus dieser Gegend."

Die Linse war etwas kleiner als ein Handteller, kreisrund, etwa ein halbes Zoll stark und eingefasst in graues Metall, das an einigen Stellen mit dreieckigen Formen verziert war. „Halt sie vor das Wandbild", forderte Leigh. Jon tat dies. Zunächst geschah nichts.

„Mehr Licht", forderte er von Reisners Assistenten, der die Laterne näher an die Wand brachte. Jon versuchte verschiedene Abstände, dann geschah es: Durch die Linse hinweg sah er einen Teil der Kreise aufleuchten – ganz leicht. Und darüber entstand in leuchtenden Linien neue Schrift. Cuneiforme Keilschrift.

Jon hätte die Linse beinahe fallengelassen. Er zitterte, als er sie wieder erhob. Reisner schob seinen enormen Körper dicht hinter ihn, um ihm über die Schulter blicken zu können. „Unglaublich", sagte der alte Archäologe. Die Linse hob Teile der Kreisschrift hervor, die man dadurch betrachtete – und übersetzte sie, da war Jon sicher, in altsumerische Keilschrift. Reisner und er flüsterten beide die phonetischen Silben, die sich vor ihren Augen bildeten.

„Was passiert da?", wollte Leigh von ihrem Feldbett aus wissen.

„Es übersetzt sie. Leigh, es übersetzt die Schrift. In Keilschrift."

„Wir können die Worte lesen", sagte Reisner. „Aber ohne ein Wörterbuch können wir sie erstmal nicht übersetzen."

Die Aufregung der vier Forscher in der Grabkammer wurde jäh unterbrochen: Draußen fielen Schüsse.

Jon lief durch den kurzen Gang. Der Himmel war dunkel geworden, die Laternen und Feuer des Lagers erhellten den Boden, die Sterne der Wüstennacht den Himmel. Es herrschte das Chaos eines nächtlichen Gefechts: Schüsse fielen, nähere aus Gewehren. Weiter entfernt das Hämmern eines Maschinengewehrs. Ein Motor heulte am Himmel auf, es gab eine Explosion – Jon zog sich für einen Moment zurück in den Eingang der Grabkammer. Schreie, jemand war verwundet.

„Francis! Bleiben Sie bei Leigh und beschüzten Sie sie mit ihre Leben!" Jon warf Professor Reisners Assistenten seinen Revolver zu, ohne zu fragen, ob dieser damit umgehen konnte.

Der Professor selbst lief in Richtung seines Arbeitszeltes. „Die Artefakte! Wir müssen die Artefakte schützen!" Jon hingegen lief durch die Nacht in Richtung der Schreie des Verwundeten, während sich das Motorendröhnen am Himmel entfernte.

Er fand den jungen Soldaten neben der nächsten Pyramide. Splitter der Explosion hatten ihm das linke Bein zerrissen, das konnte man sehen. Jon schnitt mit seinem Taschenmesser das Hosenbein ab. Irgendwo hämmerte etwas größeres als ein Maschinengewehr einen stampfenden Rhythmus. Granaten schlugen in der Nähe ein, dumpfe Explosionen mit spürbaren Druckwellen. Jon griff den Verwundeten Mann beim Hemd und schliff ihn zurück zu der Grabstätte, aus der er eben gekommen war. „Francis!"

„Doktor Danger?"

„Binden Sie dem Mann das Bein ab!"

Das Flugzeug kam wieder näher, es gab eine weitere Explosion. Jon hörte, dass eines der Maschinengewehre in Antwort feuerte, lief in Richtung dieser Schüsse. Offenbar wurden sie am Boden und aus der Luft angegriffen. Die Besatzung des Maschinengewehrs hatte Mühe, ihre Waffe nach oben auszurichten. Jon kam bei den drei Soldaten an. Sie alle waren einige Jahre jünger als er – zu jung, um im Großen Krieg Erfahrung mit der Fliegerabwehr gemacht zu haben.

„Feuer halten!", rief er dem Schützen zu, der sich verängstigt hinter seiner Waffe duckte. Jon griff nach dem MG, bevor die Besatzung protestieren konnte, und löste es aus der Arretierung der Lafette auf ihrem Karren. Er wuchtete die schwere, Wassergekühlte Waffe auf seine rechte Schulter und hielt sie mit der Hand an jenem Stutzen fest, der eben noch in der Lafette gesteckt hatte. „So, ich bin eure Feuerposition." Leicht gebückt drehte er sich in die Richtung, aus der das Motorengeräusch des Fliegers wieder herankam.

Der Schütze des Maschinengewehrs begriff, fauchte seinen Ladeschützen an, den Gurt zu führen, zielte über Jons Schulter nach oben. Das Flugzeug kam auf sie zu, vor den Sternen als Schatten sichtbar. Es war nicht auf direktem Kurs auf sie, der Pilot hatte wohl ein anderes Ziel. Der Schütze hinter Jon drückte ab, wenige Handbreit vor seinem Gesicht flammte das Mündungsfeuer auf und die schwere Waffe hämmerte Geschosse in Richtung Nachthimmel. Jeder Schuss ging als Ruck durch Jons Schulter. Der spannte seine Muskeln an, hielt dagegen, stützte das Gewicht des Maschinengewehrs weiter in die Höhe. Jede dritte Patrone war ein Leuchtspurgeschoss. Der Schütze führte die Salve ins Ziel und hielt dann auf das Flugzeug drauf.

Funken stoben aus der getroffenen Maschine, Feuer flammte auf, der Flieger drehte leicht ab, versuchte hochzuziehen ging dröhnend über ihre Köpfe hinweg, trudelte ein wenig seitwärts, schlug jenseits des Gräberfelds in eine Düne ein und ging in einem Feuerball in Flammen auf. Jon und die drei Soldaten von der MG-Mannschaft jubelten kurz auf, Jon gab dem Ladeschützen die Waffe von seiner Schulter, griff sich das herumliegende Gewehr eines der Männer und lief dann in Richtung Arbeitszelt.

Noch immer fielen Schüsse, hämmerten Salven aus der Maschinenkanone der Angreifer. Jon rannte zum Zelt, stieß durch den Eingangsvorhang. Drinnen lag Professor Reisner mit einer Wunde am Kopf. Bewusstlos, nicht tot, wie Jon schnell feststellte. Die Sachen waren durchwühlt, das Zelt an der Rückseite aufgeschnitten. Jon lief durch den Spalt in die dunkle Nacht. Er hörte einen Motor aufheulen, als ein Automobil fünfzig Meter weiter weg losfuhr. Der Fahrer wollte offenbar kein Risiko eingehen und hatte ein Licht angeschaltet. Jon feuerte darauf, lud das Gewehr durch, feuerte erneut. Das Licht verschwand in der Dunkelheit hinter einem Dünenkamm.

Die Angreifer waren in die Nacht geflohen, aus der sie gekommen waren. Vierzehn Tote zählten die britischen Truppen am nächsten morgen, inklusive der beiden Leichen in dem ausgebrannten Flugzeugwrack. Demgegenüber standen sechs eigene Verluste und einige Verletzten, darunter fünf schwer, wie der junge Soldat, den Jon in die Grabkammer gezogen hatte. Professor Reisner war außer sich, als er wieder zu sich kam. Man hatte das magnetische Artefakt gestohlen – und einen Kasten mit Fotografien aus Grabkammer 14. Jon wusste, dass die Angreifer sich nicht zurückgezogen hatten, weil sie besiegt waren, sondern, weil ihre Mission Erfolg gehabt hatte.

Jon und Leigh mussten mit den verbliebenen Soldaten noch eine Weile bei Reisner und seinem Team bleiben. Leigh, um zu genesen, Jon, um gemeinsam mit dem alten Ägyptologen an einer Katalogisierung der Umschrift des seltsamen Kreisalphabets zu arbeiten. Wenn der Zug der Soldaten zurückkam, um diese abzuholen, würden sie sich aufteilen. Leigh wollte Ermias zu dessen geheimer Klosteranlage folgen. Jon musste nach Kairo: Professor

Reisner hatte dort im Archiv eine jahrzehntelang verstaubte Stele gesehen, die weitere Informationen zur Entzifferung der alten Schrift beinhalten mochte. Das war der nächste Anhaltspunkt – und der nächste Ort voller Abenteuer und Gefahren in...

Jon Danger und die Assassinen von Kairo